JEAN LORRAIN

YANTHIS

COMÉDIE EN QUATRE ACTES, EN VERS

Représentée au Théâtre National de l'Odéon,
le 10 février 1894.

PARIS
[C]ARPENTIER ET E. FASQUELLE, ÉDITEURS
11, RUE DE GRENELLE, 11.

1894

CHOIX DE PIÈCES

Ajalbert (Jean). *La fille Elisa*, pièce en 3 actes. 2 fr. »

Alexis (Paul). *Celle qu'on n'épouse pas*, comédie en un acte, en prose. 1 fr. »

— *La fin de Lucie Pellegrin*, comédie en un acte. 1 fr. »

Alexis (P.) et Méténier (O.). *Monsieur Betsy*, comédie en 4 actes, en prose. 2 fr. 50

— *Les Frères Zemganno*, comédie en 3 actes, en prose, tirée du roman d'Edmond de Goncourt. 2 fr. 50

Banville (Théodore de). *Riquet à la Houppe*, com. féerique 2 fr. 50

— *Le Baiser*, comédie en un acte, dessin de G. Rochegrosse 1 fr. 50

— *Esope*, comédie en 3 actes, av. un dessin de G. Rochegrosse 2 fr. »

Bergerat. *Le capitaine Fracasse*, comédie héroïque en 4 actes et un prologue en vers. 2 fr. 50

Busnach (W.) et Arnould (Arthur). *Zoé Chien-Chien*, drame en 8 tableaux. 2 fr. 50

Busnach (W.) et Gastineau *L'Assommoir*, drame en 5 actes et 9 tableaux, tiré du roman et avec une préface d'Emile Zola et un dessin de G. Clairin 2 fr. 50

Courteline (Georges). *Boubouroche*, pièce en 2 actes, en prose 1 fr. »

A. Daudet et P. Elzéar. *Le Nabab*, pièce en 7 tableaux 2 fr. 50

A. Daudet et A. Belot *Sapho*, pièce en 5 actes. 4 fr. »

Flaubert (Gustave). *Le Candidat*, comédie en 4 actes. 2 fr. »

Goncourt (Edmond de). *A bas le P[illegible]grès*, bouffonnerie satyrique en un acte. 1 fr. »

Goncourt (Edmond et Jules de). [illegible]riette *Maréchal*, drame en trois actes, en prose. 2 fr. 50

— *La Patrie en danger*, drame en 3 [illegible]s. 2 fr. 50

— *Germinie Lacerteux*, pièce en 10 [illegible]aux. 2 fr. 50

Haraucourt (Edm.). *Shylock*, pièce [illegible] 5 actes, en vers. 2 fr. 50

— *La Passion*, mystère en 2 chants [illegible] parties, en vers. 2 fr. 50

— *Héro et Léandre*, poème dramatiq[illegible]n 3 actes. 1 fr. 50

Hauptmann (G.). *Les Tisserands*, dra[illegible] en 5 actes, en prose 4 fr. »

Mendès (Catulle). *La Femme de [illegible]barin*, tragi-parade en un acte. 1 fr. 50

— *Le Docteur Blanc*, mimodrame fantastique, musique de Gabriel Pierné, dessins de L. Métivet 5 fr. »

Mendès (Cat.) et Courteline (Georges). *Les Joyeuses Commères de Paris*, Fantaisie en 5 actes. 2 fr. »

Méténier (Oscar) et Lorrain (Jean). *Très Russe*, pièce en 3 actes. 2 fr. »

Noël (Edouard) *Deidamie*, opéra en 2 actes, musique de H. Maréchal. 1 fr. »

Perrin (Jules) et Couturier (Claude). *Les Fenêtres*, pièce en 3 scènes, en prose. 1 fr. »

Richepin (Jean). *Nana Sahib*, drame en vers, en 7 tableaux.
Edition in-8°. 4 fr. »
Edition in-12. 2 fr. »

— *Le Flibustier*, comédie en vers en 3 actes. Edition in-8°. 4 fr. »
Edition in-12. 2 fr. »

— *Monsieur Scapin*, comédie en vers, en 3 actes. Ed. in-8°. 4 fr. »
Edition in-12. 2 fr. »

— *Par le Glaive*. Edition in-8° : 4 fr. » ; édition in-12. 2 fr. »

— *La G.a*, drame en 5 actes et 6 tableaux. Edition in-8°. 4 fr. »
Edition in-12. 2 fr. »

Scholl (Aurélien) *L'Amant de sa Femme*, comédie en 1 acte 1 fr. »

Theuriet (André) *Raymonde*, pièce en 3 actes. 2 fr. 50

Vaucaire (Maurice). *Valet de Cœur*, comédie en 3 actes, en prose. 2 fr. »

— *Le poète et le Financier*, comédie en 1 acte, en vers. 1 fr. »

Zola (Emile) *Thérèse Raquin*, drame en 4 actes. 2 fr. »

— *Les Héritiers Rabourdin*, comédie en 3 actes, av. préface. 2 fr. »

— *Renée*, pièce en 5 actes, avec préface. 2 fr. 50

Zola (E.) et Gallet (Louis). *Le Rêve*, drame lyrique en 4 actes et 8 tableaux. 1 fr. »

— *L'Attaque du Moulin*, drame lyrique en 4 actes. 1 fr. »

E. 3164. — Typ. Ferd. Imbert, 7, rue des Canettes. Paris.

YANTHIS

G. CHARPENTIER ET E. FASQUELLE, ÉDITEURS
11, RUE DE GRENELLE, 11

OUVRAGES DU MÊME AUTEUR

PUBLIÉS DANS LA BIBLIOTHÈQUE-CHARPENTIER
à 3 fr. 50 le volume

SONYEUSE .... 1 vol.
BUVEURS D'AMES .... 1 vol.

JEAN LORRAIN

YANTHIS

COMÉDIE EN QUATRE ACTES, EN VERS

Représentée au Théâtre National de l'Odéon,
le 10 février 1894.

PARIS
G. CHARPENTIER ET E. FASQUELLE, ÉDITEURS
11, RUE DE GRENELLE, 11.

1894

PERSONNAGES :

PRISCA, bouffon du roi	MM. JANVIER.
CAMILLUS, prince héritier du royaume d'Illyrie	FÉNOUX.
LÉONTÈS, roi régnant d'Illyrie	ALBERT LAMBERT.
MYRHUS, médecin d'Yanthis	JAHAN.
Un Intendant	DUPARC.
Un vieux Jardinier	BERTHET.
Un Capitaine	TALDY
Un hérault d'armes	GODEAU.
1er Garde	CHATAIGNIER.
2e Garde	FOURNIER.
YANTHIS	Mlles LUCIENNE DERSY.
ANTIGONE, nourrice d'Yanthis	MARCYA.
THYRA, suivante d'Yanthis	VINCENT.

Gardes, ouvriers jardiniers, menuisiers, tapissiers, huissiers et pages.

Pour la mise en scène, s'adresser à M. Foucault, régisseur général au théâtre de l'Odéon.

PREMIER ACTE

OUVERTURE

CHŒUR LOINTAIN

C'était une pensive et svelte créature
Aux épaules frêles, froides, comme azurées,
Aux petites oreilles jamais effleurées
D'aveux d'amour.
                    Un parc à l'ondoyant murmure
La gardait dans son ombre invisible et murée ;
Parmi la clématite et la pourpre des mûres
Elle errait, blanche et calme au milieu des ramures,
Et les lilas nageaient sur sa tête dorée.

MUSIQUE

VOIX DE FEMME, *avec accompagnement de harpe.*

Fleurs vivantes, les libellules
Valsent dans les rayons vermeils.
Allons dans l'or des crépuscules
Sourire à l'adieu des soleils

SCÈNE PREMIÈRE

PRISCA, CAMILLUS

La toile se lève, un parc en plein été : au fond toute la scène est occupée par un grand mur orné de glycines et de vignes, derrière on voit les hauts ombrages d'une forêt, un peu vers la droite petite porte percée dans le mur, surélevée de trois marches — A gauche l'aile d'un corps de logis avec péristyle et perron de cinq ou six marches de toute la largeur de l'aile ; devant l'habitation un grand cèdre au feuillage noir, sous le cèdre un banc de pierre, parterres de roses, de lys, d'iris et de plantes rares. Le parc s'enfonce à droite et à gauche de la scène. Au lever du rideau un grand velum bleu brodé d'argent est tendu dans le cèdre, au-dessus du banc des étoffes précieuses et des coussins, et un lit de repos à côté, et une harpe. Au lever du rideau la scène est vide.

LA VOIX DE FEMME, *dans l'éloignement.*

Viens, c'est l'heure où les aubépines,
De combe en combe au loin neigeant,
Apparaissent dans les ravines
Comme un léger brouillard d'argent

(*La voix et la musique s'éteignent, bruit et fracas de broussailles remuées derrière le mur.*)

CAMILLUS, *une voix d'homme derrière le mur.*

Allons, hop, t'appuyant un pied sur le talus,
L'autre sur mon épaule, hop.

(*Une tête de bouffon apparaît au-dessus du mur, un peu à gauche de la porte, la tête de Prisca ; il regarde autour de lui puis pâlit tout à coup.*)

PRISCA

Seigneur, je n'en puis plus,
Je glisse et vais tomber.

CAMILLUS, *invisible derrière le mur.*

Quoi, c'est ainsi, perfide !
C'est bon ; je me retire, et les pieds dans le vide,
Je te laisse à cheval sur le chéneau du mur.

PRISCA, *se hissant.*

Non, non, restez, j'y suis,
(*Il se met à cheval sur le mur.*)
Qu'il est cruel et dur,
Quand on est d'humeur douce et d'allure tranquille,
D'être au service, hélas ! d'un jeune homme !

CAMILLUS, *toujours invisible.*

Imbécile,
Que fais-tu, que vois-tu ?

PRISCA, *à cheval sur le mur.*

Moi, je suis dans les airs,
J'ai le front dans l'espace et les feuillages verts,
Je deviens papillon, mais au fond je regrette
Le temps où je vivais sur le sol : une crête
De mur à chevaucher, c'est dur pour un bouffon,
Dont l'unique monture est maitre Aliboron.

CAMILLUS, *invisible.*

Te tairas-tu, maraud ?

PRISCA

Volontiers, mais encore...
Vous parlez, je réponds.

CAMILLUS, *invisible.*

Grelot vide et sonore,
Enfin comprends-tu ? que vois-tu de ton mur ?

PRISCA

Une cour.

CAMILLUS

Et puis ?

PRISCA

Rien... si, pardon, un fruit mûr
Que je cueille et je mange.

(*Il cueille une grappe de raisin et la mange.*)

CAMILLUS

Et la cour ?

PRISCA

Est déserte.

CAMILLUS

Ainsi personne au loin ?

PRISCA

Une pelouse verte
Et des hêtres touffus.

CAMILLUS

Personne aux environs ?

PRISCA

Personne.

CAMILLUS

Hé bien ! descends.

PRISCA

Descendre !

(Il se penche sur le jardin.)

Aux liserons

Je vois bien par endroits poindre une libellule !

CAMILLUS

Hé bien ?

PRISCA

C'est que je suis moins léger qu'une bulle
De savon, tout bouffon que je suis ?

CAMILLUS

Hé ! maraud !

PRISCA

Ma personne est fragile et le mur est trop haut.
Je reste.

(Il s'installe sur le mur.)

CAMILLUS

Ah, tu veux voir comme on en dégringole,
Regarde cette gaule.

(On voit une gaule remuer du côté de Prisca.)

PRISCA

Halte-là, je m'envole.
Papillons, mes amis, vite, à mon aide !

(Prisca enjambe le mur et, s'accrochant aux vignes, descend vivement dans le jardin.)

CAMILLUS, *toujours invisible.*

Hé bien ?

PRISCA, *se regardant partout.*

Je me suis déchiré.

CAMILLUS

Le visage ?

PRISCA

Non, rien.

Ma marotte.

CAMILLUS

Un hochet ; et ta santé se porte ?

PRISCA

Pas trop mal.

CAMILLUS, *frappant à la porte.*

A merveille, ouvre-moi cette porte.

PRISCA

Si je ne l'ouvrais pas !

CAMILLUS

Comment sortirais-tu ?

PRISCA

Vos fermes arguments confondent ma vertu.
(*Il pousse le verrou, ouvre la porte toute grande et s'incline profondément.*)
Entrez donc, Monseigneur, c'est bien ici, je pense.
(*Entre le prince Camillus, il regarde autour de lui.*)

CAMILLUS

C'est ici.

PRISCA, *toujours incliné.*

C'est heureux.

CAMILLUS, *le prenant par l'oreille.*

Veux-tu ta récompense,
Maintenant, pour m'avoir une heure au pied du mur
Fait jongler comme un gueux ?

PRISCA, *grimaçant, son oreille prise.*

Je nageais dans l'azur,
Prince, excusez l'émoi d'un voyage céleste.

CAMILLUS, *le lâchant.*

C'est bon, tu me paieras ce voyage et le reste.

PRISCA

Vous punirez en moi les hontes du métier.
Jadis entremetteur et maintenant portier
A votre bon service.
(*Désignant la maison.*)
Or la belle demeure

Ici-même.

CAMILLUS

Ici-même.

PRISCA

Elle est pour le quart d'heure
Absente, bon début!

CAMILLUS, *distrait, s'avance vers le banc.*

Oui, c'est parmi ces fleurs
Sur ce lit, au milieu des papillons frôleurs
Qui neigeaient dans l'azur et volaient autour d'elle,
Qu'elle m'est apparue... une esclave fidèle
Dormait au pied du lit, des fuseaux à la main.
Elle aussi sommeillait; et moi sur le chemin
Qui passais, l'ayant vue à travers la feuillée,
Je poussai doucement la porte entrebaillée
Et, le cœur inondé d'une exquise fraîcheur,
J'adorai longuement sa grâce et sa blancheur.

PRISCA

De la timidité, la chose est curieuse
Et neuve... Et la beauté calme et mystérieuse
Ne s'est pas éveillée?

CAMILLUS

Elle dormait toujours.

PRISCA

Peste, cela promet plus tard pour les amours.
Ainsi de cette belle exquise d'indolence
Vous ne connaissez rien?

CAMILLUS

Que son divin silence.

PRISCA

La couleur de ses yeux et le son de sa voix...

CAMILLUS

La voix, je la devine, et ses yeux, je les vois.
Ce sont les yeux rêvés qui luisent dans mon âme.

PRISCA, *songeur.*

Les amours durent peu, quand ils ont tant de flamme;

Feu flambant, feu de paille.

CAMILLUS

Hé bien, le maître fou,
A quoi rêve cet œil effaré de hibou?

PRISCA

Le fou rêve, en effet, la prunelle effarée!
Car j'ai, pour dire vrai, l'âme peu rassurée.

CAMILLUS

Peu rassurée?

PRISCA

Hé oui, ces mornes bois obscurs,
Ce parc à l'abandon entouré de grands murs,
Tout cela m'inquiète et renferme un mystère.
Je flaire comme un piège en ce clos solitaire.
Les vieux contes sont pleins de semblables récits.

CAMILLUS

Récits par les poltrons à leurs neveux transmis.

PRISCA, *montrant la porte.*

La porte ouverte hier était aujourd'hui close.
Pourquoi?

CAMILLUS

Que sais-je?

PRISCA

Hé bien, moi, je sais une chose,
Je sais... Au feu du soir en se chauffant les doigts
Les bûcherons entre eux n'en parlent qu'à mi-voix.
Ici demeure un homme à l'allure bizarre,
Muet comme un tyran, jaloux comme un avare.
On le voit rarement : des jours et des longs mois
Se passent, invisible... et puis au coin d'un bois
Un grand spectre apparaît soudain dans la nuit brune.
C'est lui qui va cueillant des simples sous la lune.
Il en porte une gerbe énorme entre ses mains.
Quant aux femmes d'hier, aux deux êtres humains,
Pas un mot : le vieux mage, ici, vit sans personne.
La retraite est sacrée, un effroi l'environne.
On y parle d'un prince autrefois prisonnier.

CAMILLUS

Nous arracherons donc l'enfant au vieux sorcier.

Je reste.

PRISCA

Vous restez? Mais las ! c'est notre perte.
La perte de Prisca.

CAMILLUS

La porte est grande ouverte.
Va-t'en.

PRISCA, *joignant les mains.*

Moi, vous quitter, vous, mon prince adoré,
Vous qui m'avez nourri, perdu, déshonoré !

CAMILLUS

Maraud !

PRISCA

A quel accueil puis-je aujourd'hui prétendre ?
Si je rentre au palais, le Roi m'y fera pendre?
Nous avons tous les deux abandonné sa cour
Le même soir du mois dernier... Depuis ce jour !...
Nous allions, je croyais, séduire un peu les filles,
Troubler les vieux maris et les calmes familles.
En avons-nous jadis tenu sur nos genoux
De ce gibier charmant, plume noire et poil roux ?
Mais nos amours d'antan étaient billevesées,
Mon doux prince et seigneur avait d'autres visées.
Nous chassions cette fois l'Amour ? Non, l'Idéal,
L'oiseau qui met le prêtre et le poète à mal.
L'oiseau bleu qui gazouille au fond de la clairière
Et qui touché du doigt, frrt... s'effrite en poussière,
Mort et pourri qu'il est depuis quatre mille ans.

(*Faisant des grâces.*)

Mais dans ces cheveux noirs il faut des cheveux blancs,
Il faut pleurer, souffrir, quand la vie est joyeuse.
Bref, c'est ici que croît la Fleur mystérieuse,
La Fleur de l'Idéal, lys au calice humain
Chéri de nous la veille, abandonné demain
Jusqu'au royal lever de quelqu'autre caprice.
Mais il faut bien qu'un cœur de fils de roi fleurisse,
Il faut bien repeupler la plaine et la forêt;
Et chaque floraison donne un nouveau sujet.

CAMILLUS

Va, poursuis ta chanson de vieille courtisane.
La vierge qui dormait, frêle et souple liane,
Hier, entre ces fleurs, sera, j'en fais serment,
Ma femme, ou mon honneur est un traître qui ment.

PRISCA, *effrayé.*

Qu'ai-je entendu, seigneur ? Il parle mariage !

CAMILLUS

Hé, trêve de grimace enfin. N'ai-je pas l'âge
D'en user comme un homme et ne puis-je à vingt ans
Epouser à ma guise?

PRISCA, *sentencieux*

Oh ! certes, les manants
Et les gueux ont le droit banal d'aimer leur femme.
Mais les princes, les rois couronnés dont la flamme
Doit assurer le trône et l'équilibre... Holà !
Et l'esprit politique, et la raison d'état...

CAMILLUS

Et l'espoir dynastique, et la paix du royaume !
Hé bien, sache, importun bavard, que d'un fantôme
Je suis las d'être enfin l'éternel fiancé.
Mon père a contre lui, je sais, tout un passé
De tyrannie; un frère exclu, banni du trône,
Sa famille en exil errant, vivant d'aumône
Mais le vieux roi déchu, trahi des courtisans,
Dans le peuple a gardé de nombreux partisans.
A ramener ceux-ci c'est moi que l'on destine ;
On me fait épouser la royale cousine,
La fille du feu roi, jadis par les chemins
Bohémienne errante, on unit nos deux mains,
On fait la fusion de deux branches en une,
Les partis ennemis éteignent leur rancune
Et le peuple applaudit à la bonté du Roi !
Beau projet, mais manqué si l'on compte sur moi.
Si mon père a des torts, que mon père répare !
Ma libre indépendance est mon bien, en avare

Je la garde.

PRISCA

Oh! si peu; vous régnerez un jour.

CAMILLUS

Soit, mais en attendant, le vrai roi, c'est l'Amour.
C'est lui seul que je sers, en lui seul que j'espère.
Pour mieux être à l'Amour, je quitte et fuis mon père,
Je trahis l'intérêt, l'honneur de ma maison,
Ma parente inconnue, et, gai comme un pinson,
Puisqu'Amour a permis que cette enfant fleurisse
Sur ma route, j'adore, Amour, ton frais caprice
Et je veux...

LA VOIX D'YANTHIS, *chantant dans la coulisse.*

La princesse au bord du ruisseau
S'assit pour cueillir la verveine.
Ses yeux étaient frais comme l'eau,
Mais son cœur avait grande peine.

CAMILLUS, *se troublant.*

Ah Prisca, viens, donne-moi la main,
Regarde...

(Il prend la main de Prisca et l'entraîne vers la gauche.)

PRISCA

C'est elle?

CAMILLUS

Oui, là, dans le jardin.

PRISCA

Faut-il m'éclipser.

CAMILLUS

Oui.

PRISCA

Je garderai la porte.

(Il regagne la porte, la pousse à moitié et se tient derrière du côté de la forêt.)

CAMILLUS, *reculant du côté de Prisca.*
Comment la trouves-tu?

PRISCA, *entrouvrant la porte.*
Pas mal pour une morte...
Car je veux étouffer si ces yeux-là voient clair.

LA VOIX D'YANTHIS
« Mon prince est parti sans retour,
« Ma joie amoureuse est fumée.
« Qu'on me dresse au seuil de ma tour.
« Un doux lit de sauge embaumée.

CAMILLUS
Tu dis?

PRISCA
Qu'elle est aveugle ou démente. A son air
Cela saute aux regards.

CAMILLUS
Ah! ce bouffon me glace.
Un effroi m'a saisi...
(*A Prisca.*)
Toi, demain je te chasse.

PRISCA
Mais aujourd'hui je reste et pour cause.
(*Camillus se retire à reculons vers la droite, les yeux toujours fixés du côté où va paraître Yanthis, Prisca est derrière la porte entrebaillée.*)

SCÈNE II

PRISCA, CAMILLUS, YANTHIS

Yanthis apparaît par la gauche, elle marche lentement un peu hésitante; tenant d'une main sa lévite emplie d'iris et de roses blanches, elle longe le mur, où elle s'appuie de l'autre main en tâtonnant.

YANTHIS

« Et ce soir, au glas du beffroi,
« Cierges d'or et cierges de flamme
« Sous un dais de pourpre et d'orfroi
« Feront belle escorte à mon âme! »

Touchant les colonnes du péristyle.)

Voici
Le péristyle... enfin

(*Elle touche le cèdre.*)

Je reconnais aussi
Le cèdre à son écorce et je suis arrivée.
Le banc est sous mes doigts

(*Elle tâte le banc.*)

Me voilà donc sauvée!
Elles vont me chercher là-bas au plus épais
Du vieux parc, et dans l'ombre ici j'attends en paix.

(*Elle s'assied sur le banc. Camillus s'avance derrière elle et plie le genou.*)

CAMILLUS

Madame, un étranger qu'a séduit votre grâce
Vous demande à genoux pardon de son audace.

YANTHIS, *étonnée.*

Madame... un étranger... Quelle est donc cette voix?
Antigone, est-ce toi?

(*Elle tend la main et rencontre celle de Camillus*)

Ce ne sont pas ses doigts.
J'ai peur.

(*Elle se lève.*)

CAMILLUS, *prenant et gardant la main d'Yanthis*

Vous frissonnez, éloignez toute crainte.
Vous pouvez avoir foi dans ma loyale étreinte.
Ma parole est sans fourbe et mon cœur sans détour.

PRISCA, *derrière la porte.*

Autant dire « Colombe, ayez foi dans l'autour ».

YANTHIS, *debout.*

Pardonnez-moi, seigneur. Une aveugle est sans armes
Quand on a les yeux clos, l'âme est prompte aux [alarmes,
Et mes regards éteints ne voient pas le soleil.

CAMILLUS, *se levant et quittant la main d'Yanthis.*

Le bouffon disait vrai... L'effroyable réveil !
Aveugle !

YANTHIS

Une ombre obscure emplit ces deux prunelles.
La nature a son but, ses lois sont éternelles.
Peut-être guérirai-je un jour. Mon médecin
Le dit. En attendant, je porte dans mon sein
L'irréparable nuit.

(*Se dirigeant vers la maison.*)

Mais vous cherchez sans doute
Mon vieil ami Myrhus... Je vous montre la route,
Suivez-moi. C'est un sage. Il travaille toujours.
Son rêve est d'éveiller mes pauvres yeux trop lourds.

(*Appelant*)

Myrhus.

CAMILLUS, *saisissant la main d'Yanthis.*

N'appelez pas. Puisqu'il faut tout vous dire,
C'est pour vous que je viens.

YANTHIS

Pour moi !

CAMILLUS

Pourquoi sourire ?

(*Il la regarde avec admiration et la reconduit vers le banc.*)

Vous qui n'y voyez pas, vous ne pouvez savoir
La volupté qu'on a, chère aveugle, à vous voir.

(*Yanthis s'assied sur le banc, Camillus est debout devant elle.*)

Ecoutez, c'est un rêve, une histoire divine.
Au pied de ce grand mur, hier, dans la ravine
Je passais par ces bois... le ciel marquait midi,
Le hallier se taisait de chaleur engourdi.

La porte de ce mur était entrebaillée,
Je la poussai et vis... Je vis, ensommeillée,
Une vierge étendue entre ces pâles fleurs,
Sur ce lit. Ses cheveux, comme une source en pleurs,
La baignaient dans de l'or vivant ensevelie.
Auprès d'elle, à ses pieds une femme assoupie
Rêvait, et des fuseaux brillaient entre ses doigts.
Fée ou fille des dieux, le cœur ému, sans voix.
Je restai tout le jour, accroupi sous les branches
Admirant cette fille entre ces choses blanches
Qui dormait dans les fleurs, fleur vivante au soleil.
Cette fleur, c'était vous. J'ai surpris son sommeil
Hier, je la retrouve aujourd'hui réveillée
Et j'adore à genoux parmi l'herbe mouillée.

(*Il s'agenouille devant elle et lui prend les deux mains.*)

Vous êtes? l'on vous nomme?

YANTHIS

Yanthis.

CAMILLUS

Mon amour,
Vous êtes, Yanthis, plus belle que le jour.

(*Yanthis a écouté tout ce récit comme dans un rêve, sans comprendre.*)

YANTHIS

Belle! Je ne sais. Et pourquoi suis-je belle?

PRISCA

Belle et bête. La dame a le cerveau rebelle.
Mon Dieu, quelle aventure!

CAMILLUS

En effet, pauvre enfant!
J'oubliais... Son désastre horrible la défend
De comprendre

(*Il s'asseoit près d'elle.*)

Ecoutez, Yanthis adorée,
Vous avez bien parfois, quelque tiède soirée
De juillet, écouté monter, comme un grand vol,
Au fond des bois ombreux le chant du rossignol.

Hé bien, qu'éprouviez-vous, quand dans la forêt brune
Vous écoutiez l'oiseau gémir au clair de lune ?

YANTHIS

Je sais, je me souviens... comme un grand trouble au cœur,
Un froid délicieux mêlé d'une langueur ;
Un élan m'entraînait vers le bois solitaire,
Comme un divin essor, qui m'enlevait de terre,
Folle, et j'aurais voulu que l'oiseau dont j'aimais
La voix, chantât toujours et ne se tût jamais.

CAMILLUS *prend une rose des mains de Yantis et la lui fait respirer.*

Et quand vous respirez l'odeur de cette rose,
Qu'éprouvez-vous encor ?

YANTHIS

J'éprouve, mais je n'ose...
Comme un vague désir de baiser cette fleur,
Tant son odeur est douce : une étrange chaleur
Me pénètre, et mon âme est comme plus vivante.

CAMILLUS

Hé bien ! cette langueur adorable, énervante,
Qu'éveille en votre cœur la voix du rossignol,
Cette ferveur de vivre et tout ce jeune envol
De votre âme au parfum d'une fleur, cette trêve
D'ombre et cette douceur d'harmonie et de rêve,
Mettez-la dans vos yeux fermés à la clarté
Et vous aurez connu la forme et la beauté.

YANTHIS

Je comprends, le jour naît sous mes paupières closes.
La beauté, c'est la grâce et le charme des choses,
Leur harmonie exquise et visible. O bonheur
Inespéré de voir ! Mais dites-moi, seigneur,
Vous-même, êtes-vous beau ?

CAMILLUS, *se levant.*

Moi, beau !

YANTHIS

Vous devez l'être

Puisque vous êtes bon. Je voudrais vous connaître.

(Tendant ses deux mains à Camillus.)

Sur vos traits et vos yeux veuillez guider mes doigts.

(Camillus se prête au désir d'Yanthis et, s'inclinant vers elle, promène les deux mains d'Yanthis sur son visage, il baise au passage les mains d'Yanthis.)

CAMILLUS

Enfant.

YANTHIS, *se levant.*

Vous êtes beau, seigneur, tel je vous vois
Dans mon cœur. On se rit des aveugles tremblantes,
Mais, malgré nos yeux clos, nous sommes des voyantes.
Seigneur, vous êtes beau comme un joyeux printemps,
Votre joue est en fleur et vous avez vingt ans,
Vingt ans, car votre voix qui chante est jeune et douce,
Douce, comme un ruisseau qui coule sur la mousse.
Seigneur, vous êtes fort comme un vin généreux,
Car vous avez pitié des êtres douloureux.
Vous avez eu souci de l'humble enfant voilée
Dans sa nuit, car l'aveugle est une mutilée.
Comme un divin rayon arrêté sur mon seuil,
Vous avez éclairé mon exil et mon deuil.
Passant indifférent, vous m'avez dit des choses
Douces, comme un parfum de lilas et de roses,
Et des mots que jamais d'autres ne m'avaient dits.
Vous avez mis le ciel dans mes yeux agrandis
Et je garde de vous dans l'âme une éclaircie,
Dont Yanthis touchée au cœur vous remercie.

(Elle s'incline et fait le geste de se retirer).

PRISCA

Mais c'est un vrai trésor que cette enfant sans jour.

CAMILLUS, *arrêtant Yanthis.*

Si j'ai su vous toucher, rendez grâce à l'amour.
Yanthis, je vous aime, et comme un prêtre adore,

(Il se laisse tomber à genoux.)

Je vous prie à genoux. Vous êtes mon aurore.

Quoiqu'aveugle, Yanthis, vous luisez à mes yeux
Comme une aube sans tache, un soleil radieux,
Car, étant la candeur, vous êtes la lumière.
Vous êtes l'innocence et la pudeur première,
Vous avez le parfum chaste et grisant des bois,
L'écho des sources d'or chante dans votre voix.
Vous êtes l'amoureuse et l'épouse rêvée,
Que l'on ne peut plus perdre alors qu'on l'a trouvée,
Et je crois, tant l'amour a pénétré ma chair,
Que je t'aimerais moins si tes yeux voyaient clair!
Toi, pardonnez ce mot, mais un transport m'enivre,
Et désormais sans toi je ne pourrais plus vivre,
Je le sens, et plutôt que de fuir cet amour,
Enfant, j'aimerais mieux être aveugle à mon tour.
Yanthis, écoutez, cet instant est suprême;
Mon cœur bat, mon sang bout et se glace. Je t'aime,
Je pleure, sens mes yeux.
(*Il lui appuie les mains sur les yeux.*)
Je te prie à genoux.
Yanthis, répondez, un jour m'aimerez-vous?

YANTHIS

L'aimer!

PRISCA

Cela se corse et nous marchons, je pense.

YANTHIS, *à part.*

Etre aimée et l'aimer!

CAMILLUS, *toujours à genoux.*

Vous gardez le silence,
Yanthis!
(*Il lui appuie de nouveau les mains sur ses yeux.*)

YANTHIS

Vous pleurez. Au son de votre voix
Je le devine, ami. Vos larmes sur mes doigts
Je les sens; mais j'hésite et je marche en plein rêve.
(*Elle prend la main de Camillus et l'appuie sur son cœur.*)
Voyez, je suis émue et mon cœur se soulève.

CAMILLUS, *se levant.*

Vous tremblez.

YANTHIS

Non, je songe.

(*Elle regagne le banc, s'y assied et fait signe à Camillus de s'asseoir ; il s'assied à demi sur le lit, plus bas qu'elle ; il lui tient les mains.*)

On pressent tout parfois.
Quand j'étais une enfant, ma nourrice à mi-voix,
Les soirs pour m'endormir me racontait des contes.
Il s'agissait de burgs et de filles de comtes
Vivant dans les forêts et dont les fils de rois
Devenaient amoureux. Après de longs effrois,
Combats, assauts donnés au pied des tours fumantes,
Les beaux princes épris épousaient leurs amantes.
Puis un soir, on cessa les doux récits d'amours ;
Je grandissais, mais moi, moi, j'y songeais toujours.
Que de fois sur ce banc, assise et déjà grande,
Ai-je en rêve évoqué les princes de légende ?
Que de fois, attentive au pied de ce grand mur,
J'ai dans l'ombre écouté frémir le bois obscur,
Guettant dans la forêt vivante ensommeillée
L'écho d'un pas lointain bruir sous la feuillée.
J'ai longtemps attendu, seigneur, le fils du roi,
Mais le roi ne vint pas : puis un soudain effroi
Me prenait : la princesse amoureuse du conte
N'était jamais aveugle et mon cœur avait honte...

CAMILLUS

Honte !

YANTHIS

Je suis aveugle.

CAMILLUS

Yanthis !

YANTHIS

Et l'amour
Est un dieu de lumière, et puis, de jour en jour,
Calme au milieu des bois, je me suis résignée
A vivre ici tranquille, obscure et dédaignée,

Quand voilà qu'entr'ouvrant la porte avec émoi,
(Elle se lève.)
Le fils du roi, l'Amour, entre et s'en vient à moi.
L'Amour... et je m'éveille et m'agite en plein songe.
Le présent est si doux qu'il me semble un mensonge.

CAMILLUS, *toujours assis.*

Un mensonge !

YANTHIS, *debout.*

Trop court... et je me tais.

CAMILLUS, *lui baisant les mains.*

Enfant.

YANTHIS, *debout.*

Encore un mot. La nuit, ce voile épais
Qui pèse sur mes yeux et mes paupières closes,
Est peut-être éternelle, et les jours sont moroses
Près d'une fille aveugle, et, quand l'Amour est las,
Tôt est fané le rêve et vient un jour, hélas !
Où, le cœur effeuillé, l'amante reste seule.
Je tiens là, je le sais, presqu'un discours d'aïeule,
Mais qui marche à tâtons, seigneur, doit tout prévoir.
Restons à l'aube en fleur de notre amour ; le soir
Est morne, un vent de deuil y pleure, monotone.
Nous avons le printemps, pourquoi tenter l'automne !
Il faut laisser chacun, seigneur, à son destin.
La nuit aveugle et sombre est mère du matin,
Mais n'en est pas l'amante... Une autre fiancée
Fleurira votre vie, et moi dans ma pensée
Je garderai toujours le vivant souvenir
Que vous m'avez aimée.

CAMILLUS, *sanglotant sur ses mains.*

Yanthis !

YANTHIS

L'avenir
Appartient aux heureux, aux forts de cette vie.
Vous êtes jeune et fort, l'avenir vous convie.
Pourquoi pleurer? mon rêve est rempli. L'Inconnu,
L'Amour, le fils du roi des contes est venu.
(Elle fait un mouvement pour se dégager et partir.)

CAMILLUS, *la retenant.*

Mais puisque je vous aime...

YANTHIS

Hé ! suis-je indifférente,
Moi, quand je vous avoue, hélas, pauvre ignorante,
Que vous vivrez toujours dans mon âme, seigneur !

CAMILLUS, *debout devant elle.*

Et vous dites : « Partez ».

YANTHIS

Oui, pour votre bonheur.
Et pour le mien peut-être.

(*Avec un grand geste.*)

Adieu, c'était un rêve,

CAMILLUS, *la saisissant tout à coup.*

Ecoute, je suis riche et puissant, je t'enlève,
Viens, veux-tu? Nous fuirons dans des climats meil-
Loin des hommes méchants, et... [leurs,

YANTHIS, *dans ses bras.*

Pourquoi fuir ailleurs ?

CAMILLUS, *la baisant sur les yeux.*

Ailleurs, je rouvrirai tes yeux clos sous ma lèvre.

(*Yanthis sous le baiser chancelle et s'abandonne entre les bras de Camillus.*

VOIX D'ANTIGONE *à la cantonnade.*

Yanthis !

(*Yanthis pâlit et se met à trembler.*)

CAMILLUS

Qu'as-tu donc? tes mains brûlent de fièvre !

VOIX D'ANTIGONE

Yanthis !

YANTHIS

Ce baiser... Puis, écoutez ces voix !
Ma nourrice m'appelle, elle vient...

(*Repoussant Camillus.*)

Par les bois

Fuyez.

CAMILLUS

Que crains-tu donc ?

YANTHIS

Que sais-je ? tout peut-être !

CAMILLUS

Tout !

YANTHIS

Un immense effroi me glace et me pénètre.
Va-t'en, j'ai peur pour toi.

CAMILLUS

Tu m'aimes donc ?

YANTHIS

Va-t'en.

CAMILLUS

Tu m'aimes ? réponds-moi !

PRISCA, *s'avançant à demi.*

Seigneur, il n'est que temps,
Partons.

CAMILLUS

Tu m'aimes donc?

YANTHIS

Puisque j'ai peur !

CAMILLUS, *la serrant.*

Tu m'aimes !

YANTHIS

Il en doutait... Va-t'en, mais aux moments suprêmes
Au moins, dis-moi ton nom que je puisse en rêver.

CAMILLUS

Camillus.

PRISCA, *s'avançant tout à fait.*

Il est temps, seigneur, de s'esquiver.

(*Camillus fait un mouvement pour se dégager de l'étreinte de Yanthis.*)

YANTHIS

Camillus, ah ! demeure.

CAMILLUS

Au bas de cette porte
Je frapperai trois coups demain soir; fais en sorte
D'être là.

YANTHIS

J'y serai, mais donne encor ta main.

(*Elle s'attache au corps de Camillus, Camillus la baise avec transport.*)

Camillus!

CAMILLUS, *fuyant*

Yanthis!

YANTHIS

Tu reviendras?

CAMILLUS

Demain.

(*Camillus et Prisca s'esquivent par la petite porte qu'ils poussent contre le mur. Yanthis reste seule, elle va en chancelant s'asseoir sur le banc.*)

SCÈNE III

YANTHIS, *seule, assise sur le banc.*

Il a nom Camillus!

(*Antigone la nourrice et Thyra la suivante débouchent par la gauche et se montrent Yanthis assise sur le banc.*)

RIDEAU.

DEUXIÈME ACTE

Même décor, mais la nuit est venue, nuit sans lune. Le lit de repos et la harpe ont été retirés. Le velum est toujours tendu dans le cèdre, les coussins traînent encore sur le banc ; deux fenêtres de la demeure sont éclairées et le reflet vient faire un rond de lumière à droite; des ombres de femmes vont et viennent derrière ces fenêtres. Au lever du rideau, Antigone, la nourrice d'Yanthis, gravit les degrés du perron pour rentrer dans l'habitation. Myrhus, le médecin d'Yanthis, arpente songeur le devant de la scène.

SCÈNE PREMIÈRE

ANTIGONE, MYRHUS

MYRHUS, *à Antigone*

Toi, nourrice, un moment.
Elle pleurait ?

ANTIGONE, *redescend vivement le perron, près de Myrhus.*

Tremblante et, symptôme alarmant,
Elle parlait d'amour, de baisers : comme un songe
La terrassait.

MYRHUS

Apprends que tout ceci me plonge
Dans la joie, Antigone, et que depuis longtemps
J'attendais cette fièvre heureuse du printemps,

L'heure du premier trouble et des premières larmes.
Tout mon espoir renaît; ce qui t'emplit de larmes
M'enchante... Ah! que de fois j'ai maudit en secret
Le calme de ce front sans rêve et sans regret.
Yanthis enfin pleure, Yanthis est sauvée!
Dans des larmes d'amour sa prunelle lavée
Peut éclore et guérir.

(Montrant l'habitation.)

Là, tout à l'heure encor,
Je feuilletais ému les vieux textes d'Eudor,
Ceux de Pline le jeune et de Gerbert le pape.
Tous concordent ensemble avec ceux d'Esculape :

(Il prend la main d'Antigone et l'amène sur le devant de la scène.)

Baignés de belladone et d'aster chaque soir,
Les pauvres yeux éteints pourront enfin y voir,
Si, quelque jour de joie, emplis de larmes douces,
Ils sont frottés d'un suc d'ache et de fleurs de mousse.
(Une fleur assez rare et qui dans ces forêts
Doit croître au pied du chêne, en tout cas, je l'aurai)
« Enfin, ajoutent Pline et Gerbert l'alchimiste,
Plus le malade est jeune et moins le mal résiste. »
La puberté naissante aide à la guérison.
Comprends-tu maintenant ma joie!

ANTIGONE

Ah! sans raison
Je vous ai soupçonné, Myrhus. Une servante
A ses peurs. Mais ce roi Léontès m'épouvante.

MYRHUS

Mais Léontès lui-même, obsédé de remords,
A réparer son crime a mis tous ses efforts.
Il veut rendre la vie à ses yeux froids et blêmes.

ANTIGONE

Lui rendra-t-il son père égorgé?

MYRHUS

Tu blasphèmes.

ANTIGONE

Myrhus, lui rendra-t-il les ciels clairs et joyeux
De son enfance obscure et grâce à lui sans yeux?
Les pauvres yeux navrés dans l'horrible incendie.

MYRHUS

Ah! ne revenons pas sur cette tragédie!
Depuis treize ans déjà le roi Dion est mort.
Léontès règne, lui! Qui des deux avait tort!
Néanmoins Yanthis survit.

ANTIGONE

La peur d'un crime
A retenu son bras.

MYRHUS

Soit, mais douce victime
D'une guerre royale et tête d'un parti
Qu'en la faisant périr il eût anéanti,
Léontès depuis lors l'a fait dans cet asile
Elever par nous deux, et là, calme et tranquille,
Yanthis ignorante, heureuse et sans soupçon,
D'un hasard que je tiens attend la guérison.
Si ses yeux se rouvraient, que dirais-tu, nourrice?

ANTIGONE

Puissiez-vous dire vrai, Myrhus! qu'elle guérisse!
Moi, je n'ose espérer.

MYRHUS

Espère... Pour fleurir
Les halliers, il suffit d'un souffle, et pour guérir
Les yeux clos d'Yanthis, il suffit d'une larme.
Le guérisseur amour opérera le charme.
Mais retourne auprès d'elle, et de mots caressants
Berce son âme vierge, en effleurant ses sens.
Eveille le passé dans sa jeune mémoire.
Va, comme au temps jadis conte-lui quelque histoire
D'amour, où l'héroïne épouse un fils de roi.
Ce soir je le permets.

ANTIGONE, *baisant la main de Myrhus.*

Seigneur, pardonnez-moi.

J'ai pu douter de vous.

MYRHUS, *lui posant la main sur le front.*

Va, Myrhus te pardonne,

Aimer trop, c'est aimer presqu'assez.

VOIX D'YANTHIS, *à l'intérieur.*

Antigone!

MYRHUS

Va, rentre.

ANTIGONE, *montant précipitamment le perron.*

Me voici.

(Antigone rentre dans l'habitation. Durant le monologue de Myrhus une des fenêtres doit s'éteindre et une seule doit demeurer éclairée, mais faiblement.)

SCÈNE II

MYRHUS,

regardant autour de lui la forêt et le grand parc sombre.

Puisse ce dernier soir
Voir nos derniers soucis. Comme le ciel est noir.
C'est demain seulement que se lève la lune.

(Il se dirige lentement vers la porte du jardin une clef à la main.)

Ce soir la nuit obscure et dans la forêt brune
Pas un reflet ami rôdant par les halliers,
Et demain la lumière inondant les sentiers.
La splendeur après l'ombre, image de la vie.

(Il s'aperçoit que la porte est ouverte.)

Cette porte est ouverte et le verou dévie.

(Il remet le verrou et ferme la porte à double tour.)

J'avais cru la fermer en revenant des bois
Ce matin, le verrou m'aura glissé des doigts.

(Il se dirige lentement vers l'habitation.)

Il me faudra demain trouver la fleur de mousse.

(Il remonte les degrés du perron.)

Dieu seul est grand, un brin d'herbe qui pousse
Un aveugle y revoit.

(Une sonnerie de cor éclate au loin. Il s'arrête.)

Qu'entends-je ? un bruit de cor
Pleure et se traine au loin dans la vallée ?

(Deuxième appel de cor plus rapproché.)

Encor ?
Qui peut chasser le cerf à cette heure avancée ?

(Un troisième appel de cor éclate, cette fois beaucoup plus rapproché.)

Mais à quelle chimère avais-je la pensée ?
Trois appels répétés, c'est le signal du Roi.

(Il descend le perron et se dirige vivement vers la porte du jardin.)

Léontès à cette heure-ci... d'un vague effroi
Je me sens envahir...

(On heurte trois coups à la porte.)

On frappe à cette porte.

(Il prend la clef et la tourne dans la serrure.)

VOIX DE LÉONTÈS, *au dehors.*

Ouvre, c'est moi.

(Myrhus pousse le verrou. La porte s'ouvre. Le roi Léontès apparaît, il est seul, casqué. Un nègre tient une torche allumée.)

MYRHUS, *s'effaçant tête basse devant le roi.*

Le Roi.

LÉONTÈS

Lui-même.

SCÈNE III

MYRHUS, LÉONTÈS.

(Durant cette scène, la dernière fenêtre faiblement allumée de l'habitation doit s'éteindre et le théâtre tomber dans la nuit profonde.)

MYRHUS

Et sans escorte ?

LÉONTÈS

J'ai laissé mes soldats là-bas, dans le hallier.
(*Au nègre porteur de torche.*)
Ibrahim, attends-moi.
(*Il fait signe à Myrhus de refermer la porte. Myrhus obéit, le nègre reste en dehors. Myrhus et le roi sont seuls.*)

LÉONTÈS, *vivement.*

Nul ne peut m'épier,
Nous entendre?

MYRHUS

Antigone est là, dans la demeure,
Mais je puis l'éloigner.

LÉONTÈS

Non, je repars sur l'heure.
Inutile. La nuit me dérobe à ses yeux.
Je viens ici, passant obscur, mystérieux.
Dis-moi vite, Yanthis?...

MYRHUS

Hélas! aveugle encore!

LÉONTÈS, *à part.*

Je renais.

MYRHUS

Mais bientôt ses yeux clos à l'aurore

Nageront, je l'espère, en plein azur ouvert.

LÉONTÈS, *vivement lui prenant le bras.*

Que dis-tu ?

MYRHUS

Grâce à Dieu, Sire, j'ai découvert
Le moyen de guérir la cruelle amaurose
Qui la navre, et bientôt, comme une jeune rose,
Sa prunelle éclora sous les rayons du ciel.

LÉONTÈS, *à part.*

J'arrive à temps.
(Prenant la main de Myrhus.)
Myrhus, mon arrêt est cruel.
Mais il y va du trône et de la paix du règne,
Yanthis doit rester aveugle.

MYRHUS

Ah !

LÉONTÈS

Ton cœur saigne,
Je sais ; j'avais prévu ta peine et tes sanglots.
Mais j'ai dit. Yanthis gardera ses yeux clos.

MYRHUS

Seigneur !

LÉONTÈS

Ainsi le veut la fortune jalouse,
Et c'est moi, Léontès, son oncle, qui l'épouse.

MYRHUS

Vous, seigneur? Yanthis...

LÉONTÈS

A ton naïf effroi,
Je vois que tu rêvais un autre que ton roi
Pour cette pauvre enfant... hé! j'en rêvais moi-même
Un autre, jeune et beau, le fils ingrat que j'aime,
Et dont le ciel vengeur a fait mon châtiment.
(Prenant la main de Myrhus.)
Le présent me punit, Myrhus, cruellement.

Camillus m'a quitté, mon seul fils.

MYRHUS

Tout s'expie.

LÉONTÈS

Je sais; de frère à frère une guerre est impie.
J'ai porté chez les miens le désastre et le deuil.
Mais Dion avait trop irrité mon orgueil;
Il avait trop compté sans mon âme hautaine.
J'avais connu son joug, il éprouva ma haine.
Le sort me fit vainqueur: dans le feu du combat
Dion fut égorgé par la main d'un soldat.
Quant à l'enfant royale, à travers la mêlée
Emportée...

MYRHUS

Elle fut par la flamme aveuglée.

LÉONTÈS

Oui, ce fut le remords de ce jour triomphant.
Tu m'es témoin, Myrhus, que j'aimais cette enfant.
Mais tu sais mes projets et l'union rêvée :
Yanthis, par mon ordre en ces lieux élevée,
Devait, à ses quinze ans et guérie à son tour
Par tes soins, épouser Camillus... et ce jour
Qui lui rendrait la vue avec le rang suprême,
Ce jour, en la ceignant du même diadème
Que son cousin, du trône assurait l'avenir,
Éteignait toute haine et jusqu'au souvenir
Du passé... Je comptais sans les vices du prince,
Camillus m'a quitté, Myrhus, et la province
Est témoin depuis lors d'un homme de mon nom !
De mon sang, devenu le hochet d'un bouffon,
Le triste compagnon d'un fou, d'un fils d'esclave...
Car devine avec qui le prince, hélas! me brave?
Avec Prisca! Prisca, le bouffon de ma cour.
Ils ont fui l'autre mois tous deux... Depuis ce jour,
Ils vont discréditant parmi la populace
Ma race et mon honneur; le fou fait la grimace;
Mon fils, lui, fait le sot et conte mes projets...
... Enfin l'orage gronde, et parmi mes sujets

Le bruit s'affirme et croît qu'Yanthis vit encore.
Où? C'est là mon secret : jusqu'alors on l'ignore;
Mais pour le découvrir il suffit d'un instant.
Le parti du feu roi se redresse insultant,
Il réclame Yanthis... Yanthis découverte,
Myrhus, c'est ma ruine et c'est aussi sa perte;
C'est la guerre allumée entre les deux partis,
Les révoltés ici s'emparant d'Yanthis
L'emmenant avec eux... Tu frémis d'épouvante!
Vois-tu la pauvre enfant entre leurs mains vivante!
La vois-tu devenue, entre les socs luisants,
Les piques et les faux, reine de partisans!

MYRHUS

La pauvre enfant!

LÉONTÈS

Expie, elle aussi sa naissance.
Ah! c'est un lourd fardeau, Myrhus, que la puissance!
Comprends-tu maintenant l'alarme de ton roi?
Sa présence en ces lieux est un danger pour moi.
C'est un danger pour elle... eh bien! moi, je la sauve.
Elle, vierge au front d'or, moi, vieillard au front chauve,
Je l'épouse... à l'enfant de mon frère exécré
Je remets et la couronne et le sceptre sacré,
Roi, j'en fais une reine, et l'honneur de ma couche
Confond tous les partis en leur fermant la bouche.
Comprends-tu maintenant pourquoi ses pauvres yeux
Doivent rester fermés? L'époux est morne est vieux,
Et l'épouse, en restant de ténèbres voilée,
Aveugle, ignorera qu'elle est vive immolée.
(*Il se dirige vers la porte du jardin.*)
J'ai dit. Adieu, Myrhus... Je reviendrai demain
Chercher l'enfant royale et consacrer l'hymen;
Je m'en remets à toi... Son âme est vierge encore,
Tu la tiens dans tes mains. Sa beauté qui s'ignore,
Soumise acceptera tout des mains de Myrhus.
Eveille en son esprit le mirage confus
Du trône, des honneurs, de la toute-puissance,
Dis-lui que je suis roi, l'homme heureux, qu'on encense,

Par les villes en fête et les bourgs querelleurs,
Celui, dont les chemins luisent jonchés de fleurs
(S'arrêtant près de la porte.)
Dis-lui que ma vieille âme est brûlante et meurtrie,
Que je l'aime. (Une femme est toujours attendrie
Par ces mensonges-là). Vante-lui sa beauté,
En un mot, rends-la femme.

(Il prend le bras de Myrhus.)

Et de la cruauté
De ce royal hymen ne maudis et n'accuse
Que le sort et mon fils...

(Il monte les degrés de la porte et s'arrête, fixant Myrhus.)

Et si l'enfant refuse,
Je t'en préviens, Myrhus, je m'en prendrai à toi.

MYRHUS, *incliné.*

Seigneur...

LÉONTÈS, *ouvrant la porte.*

Tu m'as compris?

MYRHUS, *toujours incliné.*

Sire, vous êtes roi.

(Par la porte entr'ouverte, on voit le nègre porteur de torche. Léontès et le nègre s'enfoncent dans la forêt.)

RIDEAU

TROISIÈME ACTE

Même décor qu'à l'acte précédent, mais aspect tout différent ; les ombrages de la forêt sont rouillés par l'automne, les parterres de fleurs dépouillés, le parc à l'abandon, plein d'herbes folles, des feuilles mortes jonchent la terre. La demeure abandonnée, elle aussi ; les volets clos, à l'air mort, la mousse verdit les degrés du perron, la porte du jardin oscille grande ouverte sur la forêt... le banc est toujours sous le cèdre, mais le lit et le velum, les coussins, tout a disparu... Aspect de tristesse ; on est en novembre ; les chèvrefeuilles sont encore en fleurs.

Au lever du rideau, Prisca, même costume qu'à l'acte précédent, mais sale, déteint et déchiré, est assis sur les degrés du perron, une guitare enguirlandée de lierre entre ses mains. Camillus, en costume de drap et de cuir fauve, drapé dans un long manteau brun, une dague au côté, est debout, appuyé à l'embrasure de la porte ; il garde le silence et contemple dans une triste rêverie la forêt par où a dû partir Yanthis. Prisca pince les cordes de sa guitare et chante sur un air fantasque.

SCÈNE PREMIÈRE

CAMILLUS, PRISCA

PRISCA, *chantant.*

L'Espérance, cette railleuse,
Nous sourit pour nous mieux tromper,
C'est l'éternelle et jeune gueuse
Dont le métier est de duper.

Et la cruelle et bonne gouge,
L'Espérance aux yeux d'ambre et d'or,
Est là qui du palais au bouge
Ricane et nous mène à la mort !

CAMILLUS, *redescendant devant le cèdre.*

Ah! trêve de chanson cruelle et de folie!
Dans l'amour d'Yanthis, mon âme ensevelie,
Adore sa souffrance et ne veut pas guérir;
Ma douleur est mon bien, Prisca, je veux souffrir,
Je veux me souvenir.

PRISCA, *toujours assis sur le perron.*

Pauvre âme inconsolée!
Et, toujours arpentant la solitaire allée,
Vous vivrez votre vie au milieu de ces bois.
Agréable avenir... Voilà déjà deux mois
Que nous gardons ici

(Montrant la porte.)

la porte grande ouverte,
Le parc à l'abandon et la maison déserte.

CAMILLUS

Deux mois!

PRISCA, *mettant sa guitare en bandoulière.*

Et nous étions alors en plein été;
Le feuillage, aujourd'hui de rouille ensanglanté,
Ces parterres flétris et la rougeur des baies
Racontent assez haut que l'émondeur de haies,
L'automne aux doigts frileux et méchants est venu.

(Il se lève et montre son vêtement.)

Notre habit en lambeaux montre notre dos nu.
Depuis deux mois déjà, couple errant et bizarre,
Nous vivons d'une mûre et d'un air de guitare...
Qu'importe... après l'automne arrivera l'hiver,
L'homme aux frimats. Le froid nous gercera la chair,
Engourdira nos doigts, égrènera les mûres...
Et sous la neige épaisse encombrant les ramures,
Les rustres de ces bois trouveront quelque jour
Près du fou mort de faim, le prince mort d'amour,

Camillus et Prisca... tous deux... froids! Mais qu'im-
L'amante de mon maître est envolée ou morte, [porte,
Et nous...

CAMILLUS, *toujours immobile.*

Heureux Prisca, qui n'a jamais aimé!

PRISCA

Malheureux Camillus, à vingt ans enfermé
Dans un amour défunt.

CAMILLUS, *s'avançant vers Prisca.*

Et si je l'aime encore!

PRISCA

Devant l'aube du jour, regrette-t-on l'aurore
De la veille! Ah! Seigneur, quelles mœurs... d'écri-
[vassier.
Votre éternel chagrin, foi de fou grimacier,
Est digne tout au plus d'un rimeur de province!
Voyons; pour une fois, seigneur, montrez-vous prince,
Oubliez. Mais d'honneur, si cela se savait,
Vous seriez compromis.

CAMILLUS, *brutalement.*

Aux yeux de mon sujet
Prisca! Mais apprends donc, ô bouffon sans vergogne,
(Y devrais-tu mourir et devenir charogne
Offerte aux carnassiers errants de ces forêts)
Qu'en dehors de ces murs, emplis de mes regrets,
Il n'est plus rien pour moi, rien qui fleurisse au monde!
C'est ici qu'adorable et divinement blonde
Yanthis m'apparut...

PRISCA, *haussant les épaules.*

Et qu'elle reviendra
Vous sourire demain.

(Faisant une gimbade et pinçant sa guitare.)

Et traderidéra.

L'Espérance cette railleuse,
Nous sourit pour nous mieux tromper,
C'est l'éternelle et jeune gueuse
Dont le métier est de duper.

CAMILLUS, *menaçant.*

Maraud, enfant de louve...

PRISCA, *s'esquivant, puis s'arrêtant à distance.*

Après ! Elle est partie,
Hélas! oui, c'est certain ; et la ronce et l'ortie,
Le lierre ont envahi le sable du chemin.
Mais espérer encor que ce soir ou demain
A la porte entr'ouverte elle va reparaître !
Chimères, mon doux prince, et m'enverriez-vous paître,
Moi, je reviens toujours à ce que j'avais dit.

(*Mystérieusement.*)

Cette forêt est fée et ce parc est maudit.
Yanthis, être vague éclos d'un sortilège
Et dissous au soleil comme un flocon de neige !
Nous sommes envoûtés selon le rite ancien
Des mages, par le fait du vieux magicien,
Du vieillard inconnu, qui nous prêtait à rire
Et qui rit maintenant de vous voir, mon doux sire,
Prisonnier d'un fantôme en ce parc isolé.

CAMILLUS

Et tais-toi, l'Amour seul m'a, fol, ensorcelé !
Elle était bien vivante et frissonnant de crainte,
C'est bien un corps humain qui fuyait mon étreinte,
Et puis s'abandonnait en offrant éperdu
La rose de sa bouche à mon baiser tendu.
Non, je n'ai pas étreint un spectre de lumière.

(*Il se laisse tomber sur le banc.*)

PRISCA, *pensif.*

Alors, moi, je reprends ma version première.
C'était l'infante en fleur de quelques vieux jaloux
Qui, flairant un parfum musqué de jeunes loups,
Aura jugé prudent de fuir notre présence,
En emmenant sa belle entre Smyrne et Byzance.

Irez-vous l'y chercher?... Allons, bel amoureux,
On peut être un grand prince et faire buisson creux.
La chasse a ses ennuis, l'Amour a ses déboires.
Nous n'en parlerons pas, seigneur, dans nos mémoires,
Voilà... Maintenant, rien ne retient nos pas
Dans ces lieux enchantés, car vous n'espérez pas
Que l'heureux possesseur d'Yanthis la ramène
Pour vous charmer les yeux... Toute douleur humaine
A son temps... Nous avons fait hommage à l'amour
De deux mois, c'est fort bien ; maintenant c'est le tour
Du rire, et ma folie en chantant nous emmène.

(Il prend Camillus par la main, le fait lever et l'emmène vers la porte du jardin.)

CAMILLUS, *se laissant faire.*

Et nous allons, Prisca!

PRISCA

Rendre hommage à la Reine.
A la nouvelle épouse : On ne parle à la Cour
Que de sa beauté blonde, un miracle d'amour,
Un astre de blancheur ! En prenant votre place,
Le Roi n'a rien perdu, m'a-t-on dit. Notre grâce
Dépend de son caprice et vous pouvez d'un mot,
Vous, prince et beau cousin, m'éviter l'échafaud.
Vous redoutiez sa main : femme de votre père,
Vous ne la craignez plus; la jeune belle-mère
Toujours pour le beau-fils eut tendresse de cœur.
Rentrons donc à la Cour, mais rentrons-y vainqueur.
Pour moi, l'air du palais me manque et je m'ennuie
Comme une fleur séchée après deux mois sans pluie.
Nous avons une Reine, et vous n'éprouvez pas
L'envie, en bon sujet, d'aller baiser ses pas,

CAMILLUS, *qui s'est assis de nouveau.*

La nouvelle épousée... Oui, je sais que mon père,
De guerre lasse a pris la fille de son frère,
Pour compagne, l'enfant que l'on me destinait.
Pauvre femme!

PRISCA

En effet, l'époux n'est pas jeunet,

Mais la raison d'Etat, prince, est mathématique,
Abdiquer ou régner, voilà la politique.
L'horizon était noir, le peuple murmurait ;
Nous nous trouvions absents et le roi s'épeurait.
Il s'est exécuté, brave comme un jeune homme ;
Il a fait l'enfant Reine.

CAMILLUS

Et la Reine... on la nomme ?

PRISCA

Ma foi, je n'en sais rien.

CAMILLUS

Fille et femme de rois,
Meurt, dit-on, de langueur, à peine après deux mois
D'hyménée, et j'aurais été, honte et misère,
L'inconscient bourreau qu'est aujourd'hui mon père !
J'aurais pu l'épouser.

PRISCA

Mais vous avez vingt ans,
Et le roi Léontès a soixante... printemps !
Auprès du beau cousin, qui sait si la cousine
Eût langui ?

CAMILLUS

Non, Prisca, tout est crime et ruine ;
Qui sait si cette enfant, qui s'en va de langueur,
Ne meurt pas d'un amour étouffé dans son cœur,
Comme une autre Yanthis au devoir immolée !

PRISCA

Raison pour l'aller voir ! vous l'auriez consolée !

CAMILLUS, *se levant.*

Non, les chagrins d'amour ne se consolent pas,
Prisca. Pour moi mon œuvre est finie ici-bas.
Las des coups du destin, auxquels je suis en butte,
J'abdique...

PRISCA, *saluant.*

Déjà, sire !

CAMILLUS

Et renonce à la lutte.

Les grands me font horreur, leur intrigue et leur cour,
Et, frappé par l'Amour, je reste avec l'Amour.

(Il s'assied désespérément sur le banc. — Prisca est debout devant lui.)

(Paraissent, dans l'embrasure de la porte du jardin, un intendant, des ouvriers tapissiers portant des tapis, des étoffes, des coussins, des aiguières d'or ; des ouvriers jardiniers armés de râteaux, des menuisiers armés eux de marteaux et d'échelles, toute une escouade d'artisans de divers états. — Prisca passe derrière Camillus pour mieux voir.)

SCÈNE II

PRISCA, CAMILLUS, L'INTENDANT, UN VIEUX JARDINIER, *Figurants.*

L'INTENDANT, *regardant la porte descellée.*

Bon, il faudra d'abord remplacer cette porte.

(Aux tapissiers demeurés derrière lui.)

Mais que faites-vous là, vous autres ? Qu'on apporte
Les coussins, les tapis et les aiguières d'or.

(Les tapissiers entrent avec leur bagage d'étoffes et de coussins : l'intendant leur montrant les degrés de la petite porte.)

Pour orner ces degrés, qu'attendez-vous encor ?

(Aux jardiniers.)

Vous les gars jardiniers, déblayez-moi ces feuilles,
Et de branches de houx et de frais chèvrefeuilles
Encadrez-moi l'entrée.

LE VIEUX JARDINIER

Oui, seigneur intendant.

(*Des tapissiers disposent un tapis sur les degrés de la porte, des jardiniers se mettent à ratisser les feuilles mortes, les autres à orner la porte de chèvrefeuilles et de branches de houx.*)

PRISCA

Je l'aurais deviné. Front rogue et ton fendant,
Tout bouffi d'importance et de graisse blafarde.
C'est un cuistre.

L'INTENDANT

Et malheur à qui de vous s'attarde
Et s'amuse à l'ouvrage.
(*Apercevant Camillus et Prisca.*)
Hé! qu'aperçois-je là?
Un joueur de guitare et son compère
(*Les interpellant.*)
Holà!
Les manants, décampez. Hors d'ici, les bohêmes.
Allez chanter ailleurs les airs de vos poèmes.
Mort Dieu, vous n'avez pas le cœur prompt à l'effroi,
De prendre pour chenil le domaine du Roi.

CAMILLUS, *se levant.*

Le domaine du Roi?

L'INTENDANT

Faites vite, qu'on sorte.
(*A un menuisier qui lui présente une forte planche pour la porte.*)
Oui, ce vieux châtaignier fera très bien la porte
(*A Camillus et Prisca.*)
Vous m'avez entendu, décampez.

CAMILLUS

Et pourquoi,

S'il vous plait ?

L'INTENDANT

Pour rester, êtes-vous fils de Roi ?

CAMILLUS

Peut-être...

L'INTENDANT

Roi déchu, dont les sujets par bande
Vont pillant le marchand attardé dans la lande,
De connaître un bandit je suis vraiment charmé.

LE JARDINIER, *à l'intendant.*

Prenez garde, seigneur. Le plus jeune est armé.

PRISCA, *à Camillus.*

Prince, modérez-vous, on peut nous reconnaître.

L'INTENDANT, *montrant sa baguette.*

Pour fustiger ces gueux j'ai mon bâton de hêtre
(S'avançant sur eux.)
Allons, assez causer, au large les vauriens.

PRISCA, *saluant.*

Seigneur, ayez pitié de deux musiciens.
Nous avons en passant trouvé la porte ouverte
Et nous sommes entrés; la cour était déserte.
Nous méditions assis sur ces degrés moussus,
Car nous avons jadis connu des jours cossus.
Malgré notre air fantasque et nos capes en pièces,
Nous avons autrefois courtisé des duchesses.
Nous vivons aujourd'hui de la bonté des gens.
Mais nous ne redoutons ni juges ni sergents.
Le ciel n'est pas plus pur que nos âmes sont pures.

L'INTENDANT

C'est bon... je vois, messieurs les coureurs d'aventures,
Que votre ton hautain s'est un peu radouci.
Allez, et que la Reine en arrivant ici
Ne vous y trouve pas traînant votre semelle.
(Il leur tourne le dos.)

PRISCA, *joyeux.*

La Reine vient ici, la charmante nouvelle!

Nous allions vers le Reine, elle s'en vient vers nous.

L'INTENDANT, *aux tapissiers.*

Vous étendrez ici les deux tapis indoux.

(Il monte le perron.)

Des coussins sur ce banc
(Montrant le cèdre.)
Et parmi ce feuillage
Ce...

PRISCA, *s'approchant sur la pointe des pieds de l'intendant.*

Le Roi Léontès est aussi du voyage?

L'INTENDANT, *machinalement.*

Le Roi... non.
(S'apercevant que c'est Prisca.)
Mais comment, vous êtes encore là?

PRISCA, *très humble.*

Doux seigneur, écoutez ma requête. Voilà
Ce dont il s'agit; ce parc et ce morne domaine
N'ont rien de bien vivant pour charmer une Reine.
Seigneur, que diriez-vous si deux musiciens,
Deux joyeux compagnons, diseurs de jolis riens,
Donnaient à Son Altesse une galante aubade

L'INTENDANT, *rogue, debout sur le perron.*

Bon moyen d'irriter les nerfs d'une malade!
Après tout, c'est à vous de voir son médecin.
Moi, qu'un fredon joyeux soit salubre ou malsain,
Ce n'est pas mon affaire... un vieux myrrhe accompagne
La Reine, voyez-le. Moi, je suis en campagne
Pour préparer le gîte et le coucher royal.
Bonne chance.

(Il entre dans l'habitation suivi de l'escouade des tapissiers chargés d'étoffes et d'aiguières de prix.)

PRISCA, *saluant.*

On n'est pas plus courtois.

CAMILLUS

L'animal.

(*Durant cette scène des tapis indoux ont été étendus sur le perron, des coussins et des étoffes sur le banc, et dans le cèdre un grand velum de pourpre aux armes royales; maintenant on ouvre les volets de l'habitation et les jardiniers continuent à approprier le parc.*)

SCÈNE III

CAMILLUS, PRISCA, LE VIEUX JARDINIER

PRISCA

Nos vœux sont exaucés, nous allons voir la Reine.

CAMILLUS

Quel étrange hasard l'amène en ce domaine!

LE VIEUX JARDINIER, *posant ses mains sur son râteau.*

Hé, mes gais compagnons, la Reine est au plus mal.
Elle a voulu revoir l'ombre du bois natal.
Raisonnables ou non, il faut qu'on obéisse
Aux désirs des mourants, triste et dernier caprice.
Enfant, elle a dit-on, grandi parmi ces bois.
Elle veut les revoir une dernière fois,
Car la vie est ainsi. C'est toujours vers l'aurore
Que les yeux des mourants sont tournés. Le ciel dore
D'un reflet adorable et charmant le passé.
Et moi, moi qui vous parle ici, vieux et cassé,
Je me souviens encor du début de ma vie
Avec ravissement, tandis qu'hélas j'oublie
Mes chagrins de la veille et mes soucis du jour,

CAMILLUS

Prisca, j'ai peur!

(*Il lui prend la main.*)

Si, vain chasseur d'Amour,

CAMILLUS

J'avais sans le savoir, manqué ma destinée,
Si cette jeune Reine à la mort condamnée...

PRISCA

Seigneur !

CAMILLUS

Si c'était...

(Sonnerie de clairons, cris et rumeurs derrière le mur.)

PRISCA

Ces cris et ces clairons
C'est la Reine.

CAMILLUS, *voulant s'élancer vers la porte.*

La Reine ! ah ! Prisca !

PRISCA, *le retenant.*

Demeurons.

CAMILLUS

Qui va paraître ici ! Je me soutiens à peine.

PRISCA

La peur aussi me prend.

(Les clairons sonnent de nouveau, des hérauts d'armes et des gardes royaux apparaissent avec la bannière ; ils descendent l'escalier et se rangent de chaque côté du mur.)

LE HÉRAUT

Sa Majesté la Reine.

(Yanthis apparaît dans l'embrasure de la porte, elle est en costume de velours frappé violet, drapée dans un long manteau de voyage de velours sombre; elle est très pâle et très amaigrie, l'aspect d'une mourante, se soutenant à peine ; Myrhus et Antigone l'aident à marcher ainsi que Thyra dans des costumes plus riches qu'à l'acte précédent. Derrière elle, troupe de Pages. Au son des clairons, l'intendant et ses ouvriers sont sortis de la demeure et sont rangés au pied du cèdre.)

CAMILLUS

Yanthis ! ah ! Prisca, ce coup est trop affreux.

RIDEAU

QUATRIÈME ACTE

Même décor, mais le jour tombe. Deux gardes royaux montent la garde devant la petite porte du jardin grande ouverte. Prisca et Camillus sont debout à gauche sur le devant de la scène. Camillus l'air désespéré regarde obsnément du côté de la demeure. Prisca derrière lui, le tenant d'une main et l'autre main sur son épaule, essaye de le calmer.

SCÈNE PREMIÈRE

PRISCA, CAMILLUS, DEUX GARDES, puis UN CAPITAINE

PRISCA

Tout s'arrange à merveille ; allons, bel amoureux.
Payez au moins de mine. Au pied de ces futaies,
Malgré notre air bandit et ravageur de haies,
Le myre, nous prenant pour deux musiciens,
Nous permet de rester. « Mes amis, je reviens ;
A-t-il dit ; ajourd'hui tout dépend d'un caprice
Il se peut qu'un refrain joyeux la divertisse. »
Nous allons le revoir revenir d'ici peu,
Et la reine avec lui... Jouons donc notre jeu
Serré : nous voulons donc nous faire reconnaître
D'Yanthis, en restant inconnus du vieux maître
Sorcier ; ces soldats qui veillent là dehors,
Sont bien un peu gênants, mais...

CAMILLUS, *à lui-même.*

Tant de vains efforts
Perdus, deux cœurs brisés, l'intérêt du royaume
Voulait ce crime... Etait-ce elle ou bien son fantôme,
Elle avec ce front blême et ces bras amaigris !

PRISCA

Nous n'avancerons rien avec ces airs marris !

CAMILLUS, *éclatant.*

De grâce... un ouragan fait rage dans mon âme.
Yanthis est mourante, Yanthis est la femme
D'un autre, de mon père, et moi, qui l'adorais,
Sans la connaître, hélas, c'estelle que j'aurais
Epousée et gardée au palais des ancêtres,
Sans ma soif d'aventure et de roman...

PRISCA, *le tirant par la manche et lui montrant les gardes.)*

Ces reitres...

CAMILLLUS, *continuant.*

Cette soif obsédante et folle de tout voir,
De tout approfondir jusques au désespoir !
O trois fois misérable et maudite équipée ?
Nous cherchons l'inconnu, l'âme préoccupée
D'un vain rêve entrevu, d'un spectre suborneur.
Nous allons loin, bien loin, pour chasser le bonheur.
Puis quand, las de courir la forêt et la lande,
Nous revenons au gîte oublié faire amende,
Triste, abusé, vieilli, que trouvons-nous au seuil ?
Des prêtres et des clercs entourant un cercueil,
Le cercueil du bonheur venu pour nous surprendre
Au logis vide, et la mort fatiguée d'attendre.
Car elle est bien perdue, elle est morte, Prisca.

PREMIER GARDE, *désignant Prisca.*

J'ai certainement vu ce visage déjà.

DEUXIÈME GARDE

Moi, je connais aussi ce costume...

(Arrive le capitaine des gardes.)

LE CAPITAINE

On bavarde,

Et l'on rit. Est-ce ainsi que l'on monte une garde?

(Montrant Camillus et Prisca.)

Vous permettez d'entrer à des bohémiens!

PREMIER GARDE

Capitaine, excusez, ces deux musiciens
Attendent le congé de la reine malade.
Ils veulent, paraît-il, lui donner une aubade;
Le myrhe à ce sujet consulte en ce moment
Sa Majesté la Reine.

CAMILLUS

Ah! c'est un châtiment,
Prisca : nous expions les forfaits d'une race
Effrayante des rois qui n'a jamais fait grâce;
Et le sort aujourd'hui, torture sans pitié
Dans elle l'humble fille et dans moi l'héritier,
De vingt rois d'Illyrie, agrandis par leurs crimes.
Du passé des aïeux nous sommes les victimes,
De mon père, du sien... car enfin ses yeux morts,
Pourquoi n'y voient-ils pas? et c'est là mon remords!
Ils ont été brûlés dans quelque tragédie
De palais, où mon père, infâme perfidie,
Aura... Prisca, j'ai peur, j'ai honte d'y songer.

LE CAPITAINE, *montrant Camillus.*

Le plus jeune non plus ne m'est pas étranger.
Il flotte dans ces lieux comme une odeur d'intrigue.
Surveillez-les de près.

PRISCA

J'éprouve une fatigue
Dans le dos comme un homme en train d'être épié.

(Il se retourne, aperçoit les gardes causant et se rapproche vivement du prince.)

Nous nous sommes fourrés, je crois, dans un guêpier,
Seigneur, observez-vous. Là-bas, on vous observe.

LE CAPITAINE

Il faut que ma mémoire en ce cas-ci me serve!

(A haute voix.)

Prisca !

(*Prisca se retourne.*)

C'est lui.

LES DEUX GARDES

Prisca, le bouffon de la cour !

PRISCA, *à Camillus.*

Sire, on a dit mon nom.

CAMILLUS

Tu rêves.

LE CAPITAINE

Le bon tour !
C'est pour chacun de nous cent sols de récompense,
Cent sols à l'aigle d'or.

LE PREMIER GARDE

Arrêtons-le.

LE CAPITAINE

Silence !
Nous n'avons pas le droit de l'arrêter ici.
Dehors, oui : dans ce parc il est à la merci
De la reine. En sortant, nous ferons sa capture !

LE CAPITAINE

Et l'autre, son hautain compagnon d'aventure,
Qui ça peut-il bien être ?... il a ma foi grand air,
L'ami du maître fol, et son œil froid et clair
Resplendit d'un orgueil qui ne paraît pas mince.

LE DEUXIÈME GARDE

Le bouffon, capitaine, accompagnait le prince
Camillus. Ils ont fui tous les deux le même jour
Du palais.

LE CAPITAINE

Et le prince et le fou de sa cour
Seraient venus ici?

LE PREMIER GARDE

Pour connaître la Reine.

Lors de l'hymen royal ils étaient loin.

LE CAPITAINE

Aubaine !

Ce n'est plus cent sous d'or, mais cent ducats et plus
A qui retrouvera le prince Camillus.

LE PREMIER GARDE

Cent ducats !

LE DEUXIÈME GARDE

Cent sous d'or !

LE CAPITAINE, *s'en allant.*

Je vais chercher la garde.

(Il sort.)

CAMILLUS, *à lui-même.*

Oui, je la sauverai, te dis-je.

PRISCA

On nous regarde.

Si nous partions, seigneur !

CAMILLUS

Et tu railles, bouffon !

PRISCA

Quand je vous dis que l'un a prononcé mon nom !

CAMILLUS

Ils ont vu ta basquine en loques, ta marotte,
Et dans leur souvenir ton image falotte
A dansé. Laisse-moi. Reconnait-on un fou
D'un autre fol, un masque errant d'un loup-garou !

PRISCA

Prisca de Camillus.

(Yanthis sort de la demeure et apparait sur le perron appuyée sur Antigone et suivie de Myrhus et Thyra.)

SCÈNE II

PRISCA, CAMILLUS, YANTHIS, MYRHUS,
ANTIGONE, THYRA, LES GARDES

YANTHIS

Ah! je me sens renaître
A cette saine odeur de sapin et de hêtre!
J'étais deux fois aveugle en ce palais obscur,
Myrhus, j'y serais morte.
(*Etendant la main*).
Où donc est le grand mur
Où j'écoutais le vent remuer dans les feuilles!
Que j'aime ce parfum flottant de chèvrefeuilles!
(*Elle descend les degrés.*)

CAMILLUS

Elle, avec ce front blême et ces bras aimaigris!

YANTHYS, *cherchant des mains autour d'elle.*

Les lys et les roses sont déjà flétris.
(*A Thyra*).
Cueille-moi quelques fleurs.

THYRRA

Nous sommes en automne,
Madame.

YANTHIS

La saison navrante et monotone
Où le malade, las de ne pouvoir guérir,
Avec la feuille au bois neigeant se sent mourir.

O bois ensoleillés, vieux murs fleuris de mousse
Mon heure peut venir, la mort me sera douce,
Je vous ai retrouvés.

MYRHUS

(il fait asseoir Yanthis sur le banc.)
Calmez-vous, mon enfant.

PRISCA

Devons-nous commencer notre aubade?

MYRHUS

Un moment.
(A Yanthis.)
Les deux jongleurs sont là toujours, faut-il leur rendre
La clef des champs?

YANTHIS, *vivement.*

Non pas, non, je veux les entendre.
Car j'ai toujours aimé les cordes et les voix
Eveillant doucement le silence des bois.
C'est, m'as-tu dit, Myrhus, un joueur de guitare?

MYRHUS

Et son diseur de vers.
(A Camillus et Prisca.)
Approchez.

YANTHIS

C'est bizarre,
La douce émotion que je ressens ici,
A croire qu'il est là.

MYRHUS, *à Prisca.*

La reine attend.

PRISCA, *à Camillus.*

Voici
Le moment où jamais de montrer votre grâce.

CAMILLUS

Jamais je ne pourrai... Prisca, parle à ma place.
(Prisca s'avance vers Yanthis et la salue très bas.)

PRISCA

Madame et Majesté, nous bénissons trois fois
Votre bonté clémente et votre douce voix;
Vous nous avez permis, à nous, fils de Bohême,
De chanter devant vous, et cet honneur suprême
Parmi nos compagnons nous consacre vainqueur.

YANTHIS, *à part.*

Ce n'est pas là la voix qui chante dans mon cœur.

PRISCA

Nous allons donc, au son grelottant des guitares,
Mêler à notre honneur à l'or des rythmes rares
L'émail des mots de pourpre et des rimes d'azur;
Car l'art du vrai savoir est un métier fort dur:
Joailliers sans métaux et forgerons sans forge,
Nous sertissons des mots et quand de notre gorge.
Le chant par nous conçu fuit, dièze ou bémol,
C'est un écrin ailé qui chante et prend son vol.

ANTIGONE

Son discours est rempli de pierres précieuses.

PRISCA, *à Camillus.*

Etes-vous prêt?

CAMILLUS

Jamais.

PRISCA, *accorde sa guitare et chante.*

Deux roses merveilleuses
Croissaient dans un jardin.
Vint Eros, et soudain
Les deux roses joyeuses
Fleurirent dans sa main.

Eros prit la moins belle
Et la mit sur son cœur
Et l'emporta vainqueur.
L'autre rose fidèle
Dessécha de langueur.

On peut être charmante
Et s'en aller un jour
Sans connaître l'amour.
A fleur, à femme aimante
Noir destin, froid séjour.

ANTIGONE

Je n'aime pas cela, la chanson est méchante.

YANTHIS

Elle est vraie, Antigone, et celui qui la chante,
Dis-moi, quel homme est-il?

ANTIGONE

Oh ! l'aspect d'un bouffon !
Chamarré de vieux ors déteints, l'air fanfaron,
Et louche, un vrai fantoche errant de comédie.

CAMILLUS, *à Prisca.*

Ah ! Prisca, ta chanson est une perfidie !

PRISCA

Mais laissez-la venir.

YANTHIS, *à Antigone.*

Et l'autre, le diseur
De vers ?

ANTIGONE

Il a l'aspect d'un jeune et fier chasseur,
Il tient ses yeux baissés et garde le silence.

YANTHIS

Ah !
(*S'adressant à Prisca.*)
J'attends maintenant que votre ami commence.

CAMILLUS

Moi ?

PRISCA

Vous-même.

CAMILLUS

Chanter ?

PRISCA

Êtes-vous assez pris !

Prince, exécutez-vous.

(*Il lui offre sa guitare.*)

Un amant bien appris
A toujours quelques plaintes à gémir à sa belle.

ANTIGONE, *à Yanthis.*

Maintenant le plus vieux cherche au jeune querelle.

YANTHIS, *à Prisca.*

Et pourquoi cherchez-vous querelle à votre ami ?

PRISCA

Il ne veut pas chanter, monsieur fait l'endormi.

MYRHUS

Mais vous aviez promis tous deux à Son Altesse
De lui donner aubade.

PRISCA

Il est dans la tristesse
Et prétend que les pleurs ont enroué sa voix.

YANTHIS

Il est triste, et pourquoi?

PRISCA, *malgré Camillus*

Voilà bientôt deux mois
Qu'il a perdu sa mie et son cœur est en peine.
Voilà deux mois qu'il va buvant à la fontaine,
Vivant de fruit d'automne et rôdant par ces bois
Qu'il ne veut plus quitter; car la dernière fois
Que sa douce adorée a daigné lui sourire,
C'était dans ces forêts, paraît-il. Son martyre
L'y retient.

CAMILLUS

Par pitié, tais-toi !

YANTHIS

Pauvre garçon !
Et sa lèvre est depuis muette et sans chanson ?

PRISCA

Tant il est absorbé par celle qu'il adore.

YANTHIS, *à part*

Qui sait si Camillus, lui, se souvient encore !
(*Haut*).
Bien; qu'il se taise donc et retourne à ses bois !
J'aurais aimé pourtant à connaître sa voix.
(Elle se lève pour se retirer, Camillus prend vivement la main de Prisca.)

CAMILLUS

Prisca.

PRISCA

Le voulez-vous ?

CAMILLUS

Oui.

PRISCA, *s'avançant vers Yanthis qui s'est levée.*

Reine, en noble artiste,
Mon ami craint surtout que son chant doux et triste,
Echo de sa douleur, ne rende soucieux
Votre beaux front royal, et..

YANTHIS, *s'arrêtant.*

N'emplisse mes yeux
De pleurs.
(Elle se rassied)
Qu'il chante alors, les larmes me sont douces.

MYRHUS

Madame.

YANTHIS

Laisse-nous, ce sont là des secousses
Qui font renaître en moi le cœur éteint déjà.
Vois je vais déjà mieux.

CAMILLUS

Il le faut donc, Prisca!

PRISCA

Il le faut. Nous avons les deux pieds dans le gouffre.
Sautez-y pour calmer ce pauvre cœur qui souffre.

(Camillus prend la guitare, que lui offre Prisca, l'accorde, s'avance devant Yanthis, il chante.)

CAMILLUS

Les lys fanés jonchent l'allée
Et les feuilles le banc désert,
Où mon amie au loin allée
Rêvait au pied du cèdre vert.

YANTHIS

Cette voix!

CAMILLUS

J'ai ramassé les fleurs flétries
Et j'ai baisé les feuilles d'or;
Mais ni feuilles ni fleurs meurtries.
Mortes, n'ont pu me dire encor

Où s'en est mon amie allée,
Celle, qui sur le banc désert
Illuminait la sombre allée,
Blonde au pied du grand cèdre vert.

YANTHIS, *se soulevant très émue.*

Antigone, un effroi me pènètre ;
Antigone, un étrange émoi trouble mon être.

CAMILLUS, *chantant.*

L'amour est-il donc un mensonge,
Que l'être imploré par nos vœux
Puisse oublier comme un vain songe,
Et le baiser et les aveux !

YANTHIS, *se levant toute droite.*

Un mensonge, ah! nourrice, il croit qu'un froid men-[songe...
Dis-lui que mon amour n'était pas un vain songe,
Que je l'aime toujours, mais qu'un arrêt cruel,
M'a contrainte à... Myrhus.

(Elle tombe évanouie.)

ANTIGONE, *la soutenant.*

Elle défaille, ô ciel !

MYRHUS

Et grâce à toi, nourrice, ô faible créature !
N'avais-je pas prédit la fin de l'aventure ?
Soutiens-la.

(Il lui fait respirer un flacon, Antigone et Thyra s'empressent autour d'Yanthis évanouie.)

ANTIGONE

Mon enfant.

CAMILLUS, *se jetant aux pieds de Yanthis et lui baisant la main.*

Yanthis.

MYRHUS

Quoi, manant !
Près de Sa Majesté qu'oses-tu maintenant !
Hors d'ici vagabond, gypsy, chanteur funeste !

(Camillus se relève, il va riposter. Prisca le prend vivement par le bras.)

PRISCA

Décampons au plus tôt sans demander le reste.
Encore un mot, seigneur, et nous sommes perdus.

(Durant la chanson, le capitaine des gardes est revenu avec bonne escorte et observe la scène.)

CAMILLUS

Je resterai.

PRISCA, *suppliant.*

Seigneur...

LE CAPITAINE *des gardes montrant Camillus à ses gardes.*

Du prince Camillus
Vous vous saisirez. Moi de cet oiseau rare.
(Il désigne Prisca.)

PRISCA

Profitons de l'émoi pour fuir de la bagarre.

CAMILLUS

Je reste.

PRISCA

Le vieux myrhe est prompt à s'irriter.
Vous avez donc juré de nous faire arrêter ?

CAMILLUS, *avec un grand geste.*

Je reviendrai.

(Il suit Prisca. Au moment où Prisca franchit la porte, le capitaine des gardes l'arrête, Prisca est garrotté.)

LE CAPITAINE

Et d'un.

PRISCA, *se débattant.*

A moi !

LE CAPITAINE

Qu'on le bâillonne.

(Camillus a sauté vivement en arrière, il tire sa dague et fait face aux gardes.)

CAMILLUS

Le premier d'entre vous qui touche à ma personne,
Je lui cloue et ma dague et mon poing au côté !

LE CAPITAINE, *chapeau bas.*

Nous nous en remettons, prince, à votre bonté.
La volonté du roi votre père est expresse,
Et nous avons mandat d'arrêter Votre Altesse.

MYRHUS, *quittant Yanthis aux mains des femmes.*

Une Altesse en ces lieux.

LE CAPITAINE, *désignant Camillus.*

Le prince Camillus,
Lui-même.

YANTHIS, *revenant à elle.*

Camillus ! non, je ne rêve plus.

On a bien dit son nom : Camillus !

LE CAPITAINE

Qu'on arrête

Monseigneur.

YANTHIS, *se levant et venant vis-à-vis le capitaine.*

Et la reine Yanthis, je suis prête
A le suivre au palais, et là, devant le roi,
Je défendrai sa cause.

MYRHUS

Elle est folle. L'effroi
L'égare, elle délire.

(A Yanthis.)

Yanthis.

(Il veut l'emmener.)

Je suis reine.
Je défends que l'on touche au prince.

LE CAPITAINE

Qu'on l'emmène !
L'ordre est formel.

(Les gardes s'avancent vers Camillus.)

CAMILLUS

Manants.

MYRHUS, *à Yanthis.*

Apaisez votre émoi.
Rentrons.

YANTHIS, *se dégageant.*

Et qui commande en ces lieux, vous ou moi ?
Myrhus! j'entends qu'ici tout cède et m'obéisse.
Le roi règne au palais, moi, c'est trop d'injustice
Tolérée et d'affronts dévorés en secret ;
Vous n'êtes, sachez-le, que mon premier sujet ;
Je suis lasse à la fin, de toujours vous entendre
Me gourmander, Myrhus, et jamais me défendre.

MYRHUS

Yanthis...

YANTHIS

Pardonnez, mais mon âme est à bout.
Quant à vous qui m'avez, valet, parlé debout,
Chevalier-garde, allez dire au roi d'Illyrie
Que, moi, fille de rois, et par les rois meurtrie,
J'ose enfin relever mon front humilié.
Le prince Camillus s'est fait mon prisonnier,
Je le garde... partez... Ah! Myrhus, Antigone,
Menez-moi sur le banc, la force m'abandonne.

(Elle chancelle et vient, soutenue entre les bras de Myrhus et d'Antigone, s'abattre sur le banc. Sur un signe de Myrhus, le capitaine des gardes a fermé la porte et laissé Camillus libre dans le jardin.)

SCENE TROISIÈME

CAMILLUS, YANTHIS, ANTIGONE, MYRHUS, THYRA

(Yanthis est sur le banc, soutenue par Antigone et Myrhus. Camillus, à ses pieds, lui baise les mains. Silence.)

CAMILLUS, *à genoux.*

Yanthis, Yanthis!

YANTHIS, *revenant à elle.*

Ah! c'est toi! Camillus,

Parle-moi. Désormais, tu ne t'en iras plus,
Plus jamais, n'est-ce pas?... S'ils viennent pour te
Moi, je te défendrai... ta voix câline et tendre [prendre,
Me poursuivait toujours, comme un divin concert,
Dans ce palais sinistre. Oh! j'ai beaucoup souffert,
Beaucoup pleuré là-bas, demande à ma nourrice!
Revenir en ces lieux était mon seul caprice.
Je savais t'y trouver, je t'avais pressenti
Demeuré là fidèle, et le cœur averti,
Ne nous trompe jamais. Tout m'a trompé, pauvre être,
Ici-bas, hors ce cœur dont le tien est le maître.

MYRHUS

Madame.

YANTHIS

Laisse-nous.

(*A Antigone.*)

Nourrice, explique-lui
Qu'il doit me laisser libre et joyeuse aujourd'hui,
Que j'aimais Camillus avant d'être amenée
Par ses tristes conseils à ce triste hyménée;
Que son premier baiser survivait dans mon cœur.
Que je suis lasse enfin de crime et de rigueur,
Que j'aime Camillus et que rien sur la terre
Ne me détournera d'un amour...

MYRHUS

Adultère!

ANTIGONE

Ah! Myrhus...

YANTHIS, *debout.*

Adultère?

MYRHUS

Un autre est votre époux
Léontès, et son fils embrasse vos genoux.

(*Camillus se relève effaré.*)

YANTHIS

Suis-je donc si coupable?... Alors, la destinée
Et ceux qui m'ont contrainte à ce morne hyménée,
Moi, pauvre enfant aveugle, avec ce roi vieillard,
Leur crime, c'en est un, a son nom quelque part.
Ceux-là, bons ou méchants, Myrhus, que Dieu les juge.

(Se penchant sur Camillus et le prenant dans ses bras.)

Quant à toi, Camillus, mon seul bien, mon refuge,
Viens, donne-moi tes mains, presse-moi dans tes bras!
Ah! la vie est cruelle et trop courte ici-bas!
Vois-tu, nous avons fait tous deux un trop beau rêve
Et les hommes méchants l'ont brisé : l'heure est brève,
Je sens que je m'en vais et que, las de souffrir,
Mon pauvre corps navré me trahit...

CAMILLUS

Toi, mourir!
Je te perdrais encore, à peine retrouvée,
Yanthis, mon amour?

YANTHIS

Mon œuvre est terminée,
Je m'éteins sur ton cœur, et, mon front affaibli,
Vibrant sous tes baisers : mon rêve est accompli.

(Elle défaille sur l'épaule de Camillus.)

CAMILLUS

Yanthis! Yanthis!

YANTHIS, *souriante et comme égarée*

Ecoute, l'heure est douce.
La lune en ronds d'argent sommeille sur la mousse.
Je t'attends sur le banc; c'est au doux lendemain
Du jour où ma main frêle a rencontré ta main.

CAMILLUS

Que dit-elle!

ANTIGONE

Myrhus.

MYRHUS

Hélas! c'est l'agonie.

YANTHIS

Myrhus est endormi, la journée est finie.
Et le parc est désert, entends-tu dans les bois?
Quelqu'un chante, Antigone, et ce n'est pas sa voix.
Je t'attends sur le banc, ma nourrice inquiète
Epie au pied du mur ton pas... quelqu'un s'arrête,
Quelqu'un frappe à la porte, une voix dit : C'est moi.
Antigone, est-ce lui?... Camillus, est-ce toi?

(Elle se lève et met ses mains sur les épaules de Camillus.)

Est-ce à toi, ces grands yeux, ces lèvres sans sourire?
Sans sourire, pourquoi, je t'aime!

MYRHUS

Elle délire.

CAMILLUS, *se levant avec effroi.*

Elle y voit!

YANTHIS, *le regardant.*

Tes cheveux sont noirs comme tes yeux,
Je te rêvais ainsi.

(Elle fait quelques pas.)

Trouble mystérieux,
Y verrais-je?

(Regardant Antigone.)

Antigone, est-ce là ton visage?
Myrhus, est-ce le tien?

(Regardant le reste.)

Est-ce là du feuillage?

(Se tournant vers Thyra.)

Thyra, je veux te voir,

(Elle regarde autour d'elle.)

Mais où sont donc mes fleurs?
Mortes!

(Se penchant sur eux.)

Autour de moi je ne vois que des pleurs.

(Myrhus, Antigone et Camillus sont pleurant à genoux autour d'elle, elle se rasseoit sur le banc.)

Les lis fanés jonchent l'allée
Et les feuilles le banc, désert,
Où mon amie au loin allée
Rêvait au au pied du cèdre vert...

(Elle se lève et le bras tendu vers la porte.)

Le prince Camillus! gardes, qu'on le délivre!
Ah! j'étouffe.

(Elle tombe à la renverse, toute droite, Myrhus et Antigone la reçoivent dans leurs bras.)

CAMILLUS, *se jetant sur elle.*

Yanthis!

MYRHUS

Elle a cessé de vivre.

CAMILLUS

Elle vivra, Myrhus!

MYRHUS, *la main sur le cœur de Yanthis.*

Son cœur est déjà froid.
Elle a vécu, seigneur.

(Antigone, Thyra et Camillus tombent devant le corps de Yanthis, rumeurs derrière le mur.)

UNE VOIX, *derrière la porte.*

Ouvrez, au nom du roi.

CAMILLUS, *se levant.*

Mon père ici!

MYRHUS

Le roi!

LA VOIX

Qu'on enfonce la porte

(*Camillus se lève et va ouvrir la porte toute grande.*)

CAMILLUS

Roi, vous pouvez entrer maintenant, elle est morte.

(*Dans l'embrasure de la porte apparaissent les deux sentinelles, le capitaine des gardes, une escouade de gardes, Prisca garotté au milieu d'eux, plus un héraut d'armes.*)

SCENE X

CAMILLUS, ANTIGONE, MYRHUS, THYRA, PRISCA, LE HÉRAUT D'ARMES.

LE HÉRAUT D'ARMES, *il descend l'escalier et salue Camillus.*

Prince, à votre douleur je dois la vérité.
Votre père n'est plus... Le peuple révolté,
Qu'agitait sourdement le parti de la reine,
Dès la reine en allée, a, rugissant de haine,
Envahi le palais.. la garde a déserté.
Et se voyant trahie, hélas! Sa Majesté,
Plutôt que de tomber au pouvoir de l'émeute,
A vidé le poison d'une bague. La meute
Des pillards l'a trouvé sur son trône accoudé,
Mort, le sceptre à la main, et sur son front ridé
La foule, ivre d'horreur, a laissé la couronne.

Prince, il est mort en roi.

(*Myrhus s'avance près du prince, Antigone et Thyra sont toujours à genoux près d'Yantis.*)

CAMILLUS

Que le ciel lui pardonne !
O fléaux sur mon front deux fois apesantis,
Yanthis était libre.

LE HÉRAUT

A la reine Yanthis
J'accourais par ces bois apporter la nouvelle
Quand j'ai su par ces gens...

(*Il désigne le capitaine des gardes et Prisca.*)

Que la reine auprès d'elle
Sur la foi de l'honneur vous gardait prisonnier.

(*Saluant très bas Camillus.*)

La mort du roi régnant vous fait, prince, héritier
Du trône et le trépas d'Yanthis vous délivre !

CAMILLUS, *tirant sa dague pour s'en frapper.*

Qu'il me délivre donc !

MYRHUS, *arrêtant son bras.*

Seigneur, vous devez vivre !

PRISCA, *s'approchant garotté de Camillus.*

Pour me sauver d'abord ..

CAMILLUS, *au gardes.*

Déliez-moi ce fou !

(*On délivre Prisca.*)

LE HÉRAUT, *se tournant vers les gardes.*

Le prince Camillus est roi.

PRISCA

Chut, le hibou
Des désespoirs d'amour s'est posé sur sa tête.

(*Il s'approche doucement de Camillus.*)

Qu'allez-vous opposer, seigneur, à la tempête

Populaire?

CAMILLUS

L'oubli, je ne veux pas régner.

PRISCA

Soit et vous laisserez les cœurs aimants saigner
Comme a saigné celui de cette enfant meurtrie,
Les vieillards épouser les vierges, l'Illyrie
S'amoindrir et tomber faute d'un peu d'amour,
Vous, seigneur, que l'Amour a sacré dans ce jour.
Régnez, pour épargner aux rois d'autres victimes!

(*Camillus, d'abord comme insensible, a fini par écouter; il s'approche lentement du banc où repose le corps d'Yanthis, prend sa main, et la regardant, très lentement.*)

CAMILLUS

Dit-il vrai, pauvre enfant saignante de leurs crimes,
Lis éclos dans l'orage et que ces temps maudits
Ont brisé, fleur de grâce ouverte en Paradis,
Est-il vrai que ta voix adorée et plaintive
M'implore au nom d'Eros et qu'il faut que je vive!
Soit, je règnerai donc, mais plus tard, quelque jour,
En souvenir de toi, pour l'Amour de l'Amour!

FIN

E. 3053. — Paris. Typ. Ferdinand Imbert, 7, rue des Canettes.

www.ingramcontent.com/pod-product-compliance
Ingram Content Group UK Ltd.
Pitfield, Milton Keynes, MK11 3LW, UK
UKHW031942260826
14628UKWH00004B/1802

9 782019 714680